Birgit Pauls

Kotzenbüll Krimi

Krimis ut Kotzenbüll

Birgit Pauls

Kotzenbüll Krimi

Krimis ut Kotzenbüll

Bibliografische Information der Deutschen Nationalbibliothek: Die Deutsche National-bibliothek verzeichnet diese Publikation in der Deutschen Nationalbibliografie; detaillierte bibliografische Daten sind im Internet über www.dnb.de abrufbar.

ISBN 978-3-7392-1283-8

Herstellung und Verlag:
BoD – Books on Demand, Norderstedt

Covergestaltung:
Birgit Pauls mit BOD Easy Cover

Foto: Birgit Pauls

För mien Modder Heike, de siet mehr as
fiefundveerdig Johr de Krögersche inne
Kotzenbüller Kroog is

Für meine Mutter Heike, die seit über
fünfundvierzig Jahren die Gastwirtin im
Kirchspielkrug Kotzenbüll ist

De Toreiste

He weer toreist, much keen Kinner, Hunnen un Schaap. Bös slechte Vörbedingungen, wenn een in Kotzenbüll blieven und dor glücklich warrn wull. Besunners denn, wenn dat Lengen weer, een sinnige torüchtrocken Leeven to hebben un nich bi de Geselligkeit vunne Dörpsgemeenschaft mittomaken.

Erwin Wurst weer vör twee Johrn ut Berlin totrocken. Dor weer sien Tonaam gang un geev ween. Hier makten de Kinner Spijöökens mit sien Naam.

He harr dat smucke oole Reitdackhuus langsiets vun dat Küsterhuus köfft. Inne Wahnung mit de Döör na Südoosten hüüste he sülmst. De anner Wahnung mit de Utgang na Nordwest vermedete he an Feriengäste, man blots an Minschen 50+ ahn Kinner. He seet geern op de Wisch ünner de bannig groote oole Eekboom vör't Huus. De Kinnerspeelplatz direkt op de anner Siet vunne Straat weer em towedder.De weer he vör de Husskoop ni wieswurn.

Man Erwin Wurst weer 'n Minsch vun't Amt wesen un kennte sik mit de Gesetten ut. So beschwerte he sik jümmers, wenn frielopen

Der Zugereiste

Er war Zugereister, hasste Kinder, Hunde und Schafe. Ganz schlechte Voraussetzungen wenn man in Kotzenbüll sesshaft und glücklich werden wollte. Insbesondere dann, wenn das Ziel war, ein ruhiges, zurückgezogenes Leben zu führen und nicht an den Aktivitäten der Dorfgemeinschaft teilzunehmen.

Erwin Wurst war vor zwei Jahren aus Berlin zugezogen. Dort war sein Nachname normal und häufig gewesen. Hier machten die Kinder Spottreime auf seinen Namen.

Er hatte das schöne alte Reetdachhaus neben dem Küsterhaus gekauft. Die Wohnung mit der Tür zu Südostseite des Hauses bewohnte er selbst, die andere Wohnung mit dem Ausgang nach Nordwesten vermietete er an Feriengäste, nur an Menschen 50+ ohne Kinder. Er liebte es, unter der riesigen alten Eiche vor dem Haus auf der Wiese zu sitzen. Lästig für ihn war der Kinderspielplatz direkt auf der anderen Straßenseite. Den hatte er vor dem Kauf des Hauses nicht bemerkt.

Aber Erwin Wurst hatte im öffentlichen Dienst gearbeitet und kannte sich mit den Gesetzen aus. So machte er regelmäßig Eingaben,

Hunnen över sien Grund stromerten, de Navers de Middagsruh ni achteten oder gar anne Sünndag de Raasen meihten. Dat de Buern ok an't Weekenn mit sees Treckers dör't Dörp fohrten argerte em, man dorgegen kunn he nix maken.

De Kinner peesten wiederhenn in oole Wennst – as ok al sees Öllern un Grootöllern vör se – över sien Grund, ween se Schnitzeljagd speelten. Dat weer de körtste Weg na de Kroog un de Fenn dorachter, wo de Versteeken dicht bi de Bundesstraat weern. As ok al ehrn Öllern un Grootöllern weer se dat verbaden, anne Bundesstraat to speelen, man hier weern nu mal de besten Versteeken, wenn de Sökende sik anne Gebotte vun de Grooten heel un wiet vunne Bundesstraat wegbleev. Av un an kladderte ok mal een Kind inne Telgen vunne oole Eekboom to sik dor to versteeken. So männingmal seeten dor de Halfstarken, to sees eerste Glimmstengels to smöken, as ok al annern in dat halve Johrhunnert vör se.

Erwin Wurst versöchte se dat Leeven swor to maken, wenn he se tofatenkreeg, man meist weern se to flink. Blots de acht Johr oole wenn freilaufende Hunde auf seinem Grundstück herumstromerten, die Nachbarn die Mittagsruhe nicht einhielten oder gar am Sonntag den Rasen mähten. Es ärgerte ihn, dass die Bauern auch am Wochenende mit ihren Schleppern durchs Dorf fuhren, doch dagegen konnte er nichts unternehmen.

Die Kinder liefen weiterhin in alter Gewohnheit – wie schon ihre Eltern und ihre Großeltern vor ihnen – über sein Grundstück, wenn sie Schnitzeljagd spielten. Es war der kürzeste Weg zum Kirchspielkrug und der Fenne dahinter, an der die Verstecke nahe der Bundesstraße lagen. Wie auch schon ihren Eltern und Großeltern zuvor war es auch ihnen verboten, an der Bundesstraße zu spielen, aber hier waren nun einmal gute Verstecke, wenn der Suchende sich an die von den Erwachsenen vorgegebenen Regeln hielt und Abstand von der Bundesstraße hielt. Ab und zu kletterte auch mal ein Kind in die Äste der großen Eiche, um sich dort zu verstecken. Häufiger saßen die Jugendlichen dort in den Ästen, um ihre ersten Zigaretten zu rauchen, wie schon andere in dem halben Jahrhundert vor ihnen.

Erwin Wurst versuchte ihnen das Leben zu Hölle zu machen, wenn er sie erwischte, doch meist waren sie zu schnell. Nur die acht-

Leonie kreeg he af un an mal bi de Büx. Ofschoonst se dree Johr jünger weer als de jüngste vun se, leeten de grooten Bengels ehr mitspeelen, wieldat dat keen Kinner in ehr Öller geev. Wenn Erwin Wurst ehr tofatenkreeg, schaffuterte un ehr drauhte, weer Leonie böös bang. Ok weer dat Speel denn för ehr jümmers toenn. Se kunn sik ni bitieden versteeken un wurr fungen, muss denn bit to'n Enn vun't Speel inne Hütt op't Speelplatz sitten, wieldat de Jägers op dat Kittjen jümmer so inhöden, dat keen een rutholt warrn kunn.

Inne vörige Weeken weer Erwin Wurst 'n beten torüchhollern wurrn. Dat harr böös Schererien geeven as he een Köter op sien Grund mit Lebberwust in sien Huus lockt un dor för veele Stünnen fastholn harr. Veele Inwahner vun't Dörp weern middewiel fuchtig op em. Ok weern se vergrätzt, wiedat de Besök vun Erwin Wurst jümmers de halve Dörpsstraat toparkte. De veelen Wagen argerten de Inwahner vun't Dörp, besunners denn wenn mal wedder eener vunne Besöker een Schaden ersett hebben wull, wieldat een verbiesterte Football de Lack vun't Auto ramponeert harr. Wurst harr farken veele Besöker. He geev Kakünnerricht in sien Huus un gung inne Harvst alleen oder mit sien jährige Leonie erwischte er manchmal. Obwohl sie drei Jahre jünger war, als der jüngste von Ihnen, ließen die größeren Jungs ließen sie mitspielen, weil es keine Kinder in ihrem Alter gab. Wenn Erwin Wurst sie erwischte, sie beschimpfte und ihr drohte, hatte Leonie ziemliche Angst. Außerdem war das Spiel dann immer für sie vorbei. Sie konnte sich nicht rechtzeitig verstecken und wurde gefangen, musste dann bis zum Spielende in der Hütte auf den Spielplatz sitzen, weil die Jäger das Gefängnis immer so gut bewachten, dass niemand befreit werden konnte.

In den letzten Wochen war Erwin Wurst etwas zurückhaltender geworden. Es hatte großen Ärger geben, als er einen Hund auf seinem Grundstück mit Leberwurst in sein Haus lockte und dort viele Stunden festhielt. Viele erwachsene Dorfbewohner waren inzwischen sehr wütend auf ihn. Außerdem störte es sie, dass die Gäste von Herrn Wurst immer die halbe Dorfstraße zuparkten. Die vielen Autos störten die Dorfbewohner, besonders dann wenn mal wieder einer der Gäste Schadensersatz forderte, weil ein verirrter Fußball den Lack eines Autos beschädigt hatte. Herr Wurst hatte häufig viele Gäste. Er gab Kochkurse in seinem Haus und ging im Herbst allein oder mit Gästen auf Pilzsuche.

Besök to Poggenstöhl to söken. De Poggenstöhl wurrn jümmers buten benaamt un putzt. De Kinner hörten em mal seggen, dat he ni ut Versehn mal een giftige Poggenstohl in sien Köök laten wull, deswegen keek he bi sien Besök jümmers genau henn.

Nadem he 'n poor Dage wull krank wesen weer, knapp ut Huus rutkamen weer, wenn Hunnen order Kinner över sien Grund jachterten, harr he sik wedder verpuustet. Hüüt seet he stünnenlang in sien Goorn, harr 'n Book inne Hand un beweegte sik knapp. De Kinner beluurten em vunne Speelplatz ut un besloten, bi't Football speelen op de Ball optopassen un em wenn't geiht nich över't Tor up de Grund von Erwin Wurst to scheeten. 'N halve Stünn lang gung dat goot, man denn schoot Florian, de öllste vunne Jungs, veele Meter över't Tor röver un de Ball lannete een Meter bisiets von Erwin Wurst. Dat weer gediegen: He röhrte sik ni un bleev kommodig sitten. Dat makte den Kinners binah mehr bang as een fünnsche Erwin Wurst un se överleegten, as wodennig se de Ball torüchkriegen schulln.

Na 'n heele Tied makte Florian sik op de Weg, letzten Enns weer he ja de Schullige. Sinnig

Die Pilze wurden immer in Freien bestimmt und geputzt. Die Kinder hörten ihn einmal sagen, dass er nicht versehentlich einen giftigen Pilz in seine Küche lassen wolle, daher sah er bei seinen Gästen immer sehr genau hin.

Nachdem er einige Tage lang wohl krank gewesen war, das Haus kaum verlassen hatte, selbst wenn Hunde oder Kinder über sein Grundstück tobten, hatte er sich wieder erholt. Heute saß er stundenlang im Garten, hatte ein Buch in der Hand und bewegte sich kaum. Die Kinder beobachteten ihn vom Spielplatz aus und beschlossen, beim Fußballspielen auf ihren Ball aufzupassen und ihn möglichst nicht über das Tor hinaus auf das Grundstück von Herrn Wurst zu schießen. Eine halbe Stunde lang ging es gut, doch dann verfehlte Florian, der Älteste der Jungen – das Tor um viele Meter nach oben und der Ball landete einen Meter neben Herrn Wurst auf dem Rasen. Seltsamerweise reagierte der nicht und blieb ruhig sitzen. Das wirkte auf die Kinder noch bedrohlicher als ein wütender Herr Wurst und sie berieten erst einmal, wie sie den Ball zurückbekämen.

Nach einiger Zeit machte Florian sich auf den Weg, schließlich hatte er das Problem gung

he na Erwin Wurst röver un de Kinner weern baff, wieldat de Kirl liekers kommodig sitten bleev. Mit Mal bleev Florian verfehrt stahn, blöckte luut un rennte denn na de Kinner torüch.

De fix hentoropen Vadder reep dat Noothelpauto, ofschoonst he keen Moot harr. Erwin Wurst schiente musedod to ween.

Op't Kinnerfest twee Weeken later besnackten de Minschen de gediegene Dod vun sees Naver. De Liekenfledderer harr rutkregen, dat he an't Gift vun Poggenstohl krepeert weer, wahrschienlich dör de grööne Knollenblätterpilz.Se kunnen ni verstahn, wodeenig dat Wurst, de Poggenstöhl kennte un geern Champignons much, passeern kunn, dat he de beiden Oorten vun Poggenstöhl verwesselte.

Leonie smusterte un dach bi sik: „Dat passeert al mal, wenn een blots den Stengels un nich de Kappen in sien Eeten hett."

14

verursacht. Langsam ging er zu Herrn Wurst hinüber und die Kinder beobachten erstaunt, dass der Mann noch immer ruhig sitzen blieb. Plötzlich blieb Florian stocksteif stehen, schrie auf und rannte dann zu den Kindern zurück.

Der schnell herbei gerufene Vater alarmierte den Rettungswagen, obwohl er sich wenig Hoffnung machte. Erwin Wurst schien mausetot zu sein.

Auf dem Kinderfest zwei Wochen später diskutierten die Erwachsenen den seltsamen Tod ihres Nachbarn. Die Obduktion hatte ergeben, dass er an einer Pilzvergiftung gestorben war, wahrscheinlich durch einen Grünen Knollenblätterpilz verursacht. Man rätselte, wie es dem Pilzkenner und Champignonliebhaber, der Wurst gewesen war, passieren konnte, diese beiden Pilze zu verwechseln.

Leonie lächelte und dachte bei sich: „Das passiert schon mal, wenn man nur die Stiele und nicht die Hüte in seinem Essen hat."

De bedreegerische Frier

Peter Gerdsen weer mööd. Hüüt muss he fröh rut, wiel de Ossen anne Slachter leevert warn schulln.He wull ni Buer warrn, harr na de School mit veel Möögte de Lehr bi de Koopmann schafft.

Man he harr keen Luss, de heele Dag inne Laden to stahn un elke Gnatterkopp fründlich to bedeenen.

As he de Lehr afsloten harr, makte he noch gau een Utbillung to'n Immobilienmakler un verscherbelte de olen Buernsteden för düer Geld an Toreisten. Af un an köffte he sülmst över een Topleger un denn makte he bi eegen Verkoop later een groote Reibach. De Lüüd markten dat ni, wieldat sien Macker in Berlin wahnte un keen een em hier kennte.

Peter wieste sien Moneten ok ni bi't Huus. He fohrte af un an na Berlin un leet de Poppen danzen.

De Verkööpers glöövten, dat he dat Beste för se rutholte un sees Kösels to Höchtpries verköffte. Man he wieste se ni, wat he noch an Moneten von de Köpers instreek.

Der betrügerische Bräutigam

Peter Gerdsen war müde. Heute musste er früh raus, weil die Ochsen an den Schlachter geliefert werden sollten. Er wollte nie Bauer werden, hatte nach der Schule mit viel Mühe die Ausbildung beim Kaufmann geschafft.

Aber er hatte keine Lust dazu, den ganzen Tag lang im Laden zu stehen und jeden Meckerer freundlich zu bedienen.

Nachdem er die Lehre abgeschlossen hatte, machte er noch schnell eine Ausbildung zum Immobilienmakler und verkaufte die alten Bauernhöfe für teures Geld an Touristen. Ab und an kaufte er selbst über einen Strohmann und machte dann bei seinem eigenen Verkauf einen großen Gewinn. Die Leute bemerkten es nicht, weil sein Partner in Berlin wohnte und ihn hier niemand kannte.

Peter zeigte sein Geld zuhause auch nicht. Ab und an fuhr er nach Berlin und ließ die Puppen tanzen.

Die Verkäufer glaubten, dass er das Beste für sie rausholte und ihre Hütten zum Höchstpreis verkaufte. Er zeigte ihnen nicht, was er zusätzlich an Geld von den Käufern einstrich.

Nu harr he ok de eersten Kotzenbüllers bi de Büx, de över em verkopen wulln. He harr sien Kontor in St. Peter, man he wahnte noch bi sien Öllern in Kotzenbüll. Dorüm speelte he ok jümmers de leeve Jung, de sien Öllern hulp, ofschoonst he sees dusselige Viecher graesig funn.He freute sik all op de Dag, wo he sien Ooln ünner de Eer harr und Huus un Hoff verkopen kunn.

Nu muss he avers eerst mal de Ossen leevern, wiel sien Ool inne Nacht ratz fatz in't Süükenhuus kommen weer. Peter weer böös bang vör de Dierten. He hapte, dat de Slachter nuch Jungers mitbröcht harr, de bi't Verladen hulpen. Schiet weer ock, dat he ni afhaun kunn, solang sien Vadder in't Süükenhuus weer. Sunst wurr em keen een de leeve Jung glööven un em sien Huus verkopen laten.

Veel leever wull he na Berlin fohrn, to de seute Sofie dor to dropen. Se studeerte Buuwesen un makte jüst een Gastsemester in Berlin. Ehr Öllern harrn 'n masse Klei anne Hack. De Vadder weer Bürgermeester jichtenswo in Angeln. Akeby heedte de Steed oder so. Un he harr 'n groote Hoff, wull mehr Land tokopen, wiel de Navers keen Nafolger för sees Buernsteeden harrn.

Jetzt hatte er auch die ersten Kotzenbüller am Wickel, die über ihn verkaufen wollten. Sein Büro hatte er in St. Peter, doch er selbst wohnte noch bei seinen Eltern in Kotzenbüll. Daher spielte er auch immer den braven Jungen, der seinen Eltern half, obwohl er ihre blöden Viecher verabscheute. Er freute sich auf den Tag, an dem er seine Alten endlich unter der Erde hatte und er Haus und Hof verkaufen konnte.

Nun musste er erst einmal die Ochsen liefern, weil sein Vater in der Nacht plötzlich ins Krankenhaus musste. Peter hatte große Angst vor den Tieren. Er hoffte, dass der Schlachter genug Jungen mitbrachte, die beim Verladen helfen konnten. Blöd war auch, dass er nicht verschwinden konnte, solange sein Vater im Krankenhaus war. Sonst würde ihn niemand den netten Jungen glauben und ihn seine Häuser verkaufen lassen.

Viel lieber wollte er nach Berlin fahren, um die süße Sofie dort zu treffen. Sie studierte Bauwesen und machte gerade ein Gastsemester in Berlin. Ihre Eltern hatten ziemlich viel Geld. Ihr Vater war Bürgermeister irgendwo in Angeln. Akeby oder so ähnlich hieß der Ort. Und er besaß einen großen Hof, wollte mehr dazu kaufen, weil seine Nachbarn keine Nachfolger für ihre Bauernhöfe hatten.

De Kinner weern meist al inne groote Stadt trocken, wulln mit Viechern un Ackerbu nix to dohn hebben. Peter dach, dat dor denn veele Resthöfe to verkopen weern. Un as Swiegersoehn vun een Bürgermeester kunn he sachs een groote Reibach maken.

Un denn harr Sofie ok noch Sipp op Eiderstedt. Se harr em vertellt, dat se Buuwesen studeerte, wieldat ehr Tante een Haubarg harr. De Kösel weer meist 'n Ruin, wiel de Fru keen Moneten harr, dat to plegen. Sofie wull lehrn, aswodenni man so'n Huus instand holen kunn. Peter överlegte, wokeen Sofies Tante sien kunn. Dat geev blots noch 'n poor Haubarge. Veele weern daalbroken und afreeten wurrn. Annern weern vun Utwärtige köfft un renoveert wurrn. Sofie wull ni dormit rutrücken, woneem ehr Tante leevte. Dat weer to'n Müüs melken.

Peter wuss, dat he böös oppassen muss, dormit Sofie ni markte, wat för'n Bambuus he weer. Da annern Wiever mit de he sik vörher in Berlin vergnögt harr, wurrn meist fünsch, wiel se nix mehr vun em hörten. So männichmal reepen se op sien Ackersnacker an. Wenn Sofie in de Neegde weer, dee he so, as weer dat 'n Kunn, de mit em snackte.

Die Kinder waren fast alle in die große Stadt gezogen und wollten mit Ackerbau oder dergleichen nichts zu tun haben. Peter dachte sich, dass dort viele Resthöfe zum Verkauf standen. Und als Schwiegersohn eines Bürgermeisters konnte er sicherlich gute Geschäfte machen.

Außerdem hatte Sofie auch noch reiche Verwandte auf Eiderstedt. Sofie hatte ihm erzählt, dass sie Bauwesen studierte, weil ihre Tante einen Haubarg besaß. Das Haus war fast eine Ruine, weil die Frau kein Geld für die Unterhaltung hatte. Sofie wollte lernen, wie man so ein Haus instand halten konnte. Peter überlegte, wer Sofies Tante sein könnte. Es gab nur noch wenige Haubarge. Viele waren zusammengefallen und dann abgerissen worden. Andere waren von Auswärtigen gekauft und renoviert worden. Sofie wollte nicht damit rausrücken, wie ihre Tante hieß. Es war zum verrückt werden.

Peter wusste, dass er höllisch aufpassen musste, damit Sofie nicht merkte, was für ein Filou er war. Die anderen Frauen, mit denen er sich vorher in Berlin vergnügt hatte, waren ziemlich biestig, weil sie nichts mehr von ihm hörten. Oft riefen sie auf seinem Handy an. Wenn Sofie in der Nähe war, tat er so, als würde er mit einem Kunden sprechen.

Peter wull ni de goot inreeden Wievers opgeven, man he wull ok ni, dat se em övern Wech leepen, wenn he Sofie utföhrte. Un Sofie bruukte bannig veel vun sien Tied. De weer böös anhänglich, man se harr ok nuch Klei anne Hack, dat sik de Opwand lohnte.

Peter freute sik al op de Dag, an de Sofies Gastsemester in Berlin toenn weer. Denn kunn he ehr in Münster besöken ahn dat he Gefohr leep, tosomen mit ehr sien anner Wiever to dropen. Un in Berlin harr he denn wedder nuch Ruh, bi sien Mätressen to övernachten. Man nu seet he hier in Kotzenbüll fast.

He keem jüst noch rechtiedig bi de Fenn an: Jens Friedrichs keem ok jüst mit sien Veehwagen vunne anner Siet an't Heck an.

Man goot, he harr sien Jungers dorbi, dach Peter. De harrn dat böös hild, die Ossen na't Heck to driven, so dat Peter meist nix dohn muss.As he jüst losfohrn wull, to bi dat Weegen vunne Ossen in Gaarn totokieken, bimmelte sien Ackersnacker.

Sofie weer dran.

Peter wollte nicht auf diese gut eingerittenen Weiber verzichten, aber er wollte auch nicht, dass sie ihm über den Weg liefen, wenn er Sofie ausführte. Und Sofie beanspruchte ziemlich viel Zeit. Sie war sehr anhänglich, aber sie hatte auch genug Vermögen, so dass sich der ganze Aufwand lohnte.

Peter freute sich schon auf den Tag, an dem Sofies Gastsemester in Berlin zu Ende war. Dann konnte er sie wieder in Münster besuchen, ohne Gefahr zu laufen, zusammen mit ihr seine anderen Frauen zu treffen. Und in Berlin hätte er dann ausreichend Ruhe, um bei seinen Mätressen zu übernachten. Aber jetzt saß er hier in Kotzenbüll fest.

Er kam gerade noch rechtzeitig bei der Fenne an. Jens Friedrichs kam gerade mit seinem Viehwagen aus der anderen Richtung beim Heck an.

Zum Glück hatte er seine Jungen dabei, dachte Peter. Diese hatten es ziemlich eilig, die Ochsen zum Heck zu treiben, so dass Peter fast nichts tun musste. Als er gerade losfahren wollte um beim Wiegen der Ochsen in Garding dabei zu sein, klingelte sein Handy.

Sofie war dran.

„Peter, wi hebbt uns all so lang ni mehr sehn. Wennehr kümmst Du wedder na Berlin? Ick heff so'n Lengen na Di."

„Deit mi leed, mien Leevste. Mien Vadder is in't Süükenhuus un ik mutt mi mit mien Modder um dat Veeh kümmern. De neegsde twee Weeken mut ik hier blieven un mien Modder hölpen. So'n Schiet! Ick harr mi al so dull freut, di endli wedder to dropen."

„Deit mi leed mit dien Vadder. Man...", se överlegte, dat kunn he an ehr Stimm hörn. „Ick heff inne beiden neegsten Weeken keen Vörlesungen. Dor kunn ik doch to Di na Kotzenbüll kamen und Di bie de Dierten hölpen. Ik mut blots för mien Examen pröven. Un dat geit op't Dörp sachs veel beter as inne luude Stadt."

Dat passte Peter gar ni. He wull ehr nich de heele Dag inne Nack sitten hem. Se schull ni so veel över em weten un man blots keen Inblick in sien Saken kriegen. Avers dat weer nu to laat.

Sofie snackte wieder: „Ik pack fix mien Plünnen un nehm morn fröh de eerste Tog. Dann kann ik al middags bi di ween un Di hölpen."

„Peter, wir haben uns schon so lange nicht mehr gesehen. Wann kommst du wieder nach Berlin? Ich habe solche Sehnsucht nach dir!"

„Tut mir leid Liebste. Mein Vater ist im Krankenhaus und ich muss mich um das Vieh kümmern. In den nächsten zwei Wochen muss ich hierbleiben und meiner Mutter helfen. So ein Pech. Ich hatte mich schon so darauf gefreut dich endlich wieder zu treffen."

„Tut mir leid wegen deines Vaters. Aber...", sie überlegte, das konnte er an ihrer Stimme hören. „Ich habe in den nächsten beiden Wochen keine Vorlesungen. Da könnte ich doch zu dir nach Kotzenbüll kommen und dir bei den Tieren helfen. Ich muss nur für mein Examen lernen und das geht auf dem Dorf sicherlich viel besser als in der lauten Stadt."

Der Vorschlag gefiel Peter gar nicht. Er wollte sie nicht den ganzen Tag im Nacken sitzen haben. Sie sollte nicht so viel über ihn erfahren und vor allem keinen Einblick in seine Geschäfte bekommen. Aber es war zu spät.

Sofie sprach weiter: „Ich packe schnell meine Sachen und nehme morgen früh den ersten Zug, dann kann ich schon mittags bei dir sein und dir helfen."

Un denn harr se ok all oplegt, ahn sik to verafscheeden.Peter zackererte. Nu harr se em bi de Büx. Sien Öllern töövten al lang, dat he endli een Bruut vörstellte un Enkel makte. Modder wurr sik sachs över de Besök vun Sofie freun. Man se wurr Sofie ok na ehr Telefonnummer fraagen, ahn dat Peter dat vermasseln kunn. Un denn wurr Modder sachs elkeen Week mit Sofie snacken und ehr vertelln, wenn he in Kotzenbüll oder woanners weer. Door kunn nix Godes bi rutkamen, denn so kunnen se em beide nakieken, wenn he af un an sien Matressen besöchte to utospannen. Dat makte sien heele Plan toschannen.

Man to laat nu. Sofie weer al meist ünnerwegens.

Fröhmorns bimmelte sien Ackersnacker. Sofie weer dran: „Ik bün jüst in Hamburg umsteegen. Du kannst mi um Klock ölven in Tönn anne Bahnhoff afholen."

Peter funn sik mit sien Elend af, besöchte eerst sien Vadder in't Süükenhuus un holte dorna Sofie vunne Bahnhoff af. Se weer nieschierig un fraagte em bi jedeen Minsch, de se op de Straat dropen, wer de weer un wull vorstellt warn.

Dann hatte sie auch schon aufgelegt, ohne sich zu verabschieden. Peter fluchte. Jetzt hatte sie ihn am Wickel. Seine Eltern warteten schon lange darauf, dass er ihnen endlich eine Braut vorstellte und Enkel machte. Mutter würde sich sicher über den Besuch von Sofie freuen. Aber sie würde sie auch nach ihrer Telefonnummer fragen, ohne dass Peter es verhindern konnte. Und dann würde seine Mutter sicher jede Woche mit Sofie sprechen und ihr erzählen, ob er in Kotzenbüll oder irgendwo anders war. Dabei konnte nichts Gutes herauskommen, denn so konnten beide ihn kontrollieren, wenn er ab und an zum Ausspannen seine Mätressen besuchte. Es machte seinen ganzen Plan zunichte.

Doch nun war es zu spät. Sofie war schon fast unterwegs.

Frühmorgens klingelte sein Handy. Sofie war dran: „Ich bin gerade in Hamburg umgestiegen. Du kannst mich um elf in Tönning am Bahnhof abholen."

Peter fand sich mit seinem Elend ab, besuchte zuerst seinen Vater im Krankenhaus und holte dann Sofie am Bahnhof ab. Sie war sehr neugierig: So befragte sie ihn über jeden Menschen, den sie auf der Straße trafen, damit sie jedem vorgestellt wurde.

Dat passte em gar ni. He wull ni, dat so veele Lüüd Sofie kennten un mit ehr snackten. So kreech se veel to veel vun em to weten.

Sien Modder freute sik över Sofie, fohrte een grandessig Festmahl op.

Achteran wull Peter sik 'n beten alleen de Been verperrn. He smeet sik in sien Turnbüx un vertellte Sofie, dat he nu eerst mol tein Kilometer lopen wull to dat Mööde to verjagen.

Sofie weer ni inverstan: „Dat is ni goot mit vullen Buuk sik so antostrengen. Du schusst man blots spazeerngahn. Dor wurr ik mitkamen."

Un jüst dat wull Peter ni. He wull alleen ween, to 'n poor Lüüd antoropen ahn dat Sofie lusterte.

„Deern, Du hest een lange Reis achter di", sä sien Modder. „Du schullst Di man eerstmol op't Sofa legen un Middagsstünn holen."

Mit de Hülp vun sien Modder harr Peter ni reekent, man de keem em goot topass.To'n Glück schickte sik Sofie. Nu harr he sien Ruh. He nehm sien Ackersnacker un leep los.

Das gefiel ihm überhaupt nicht. Er wollte nicht, dass so viele Leute Sofie kannten und mit ihr sprachen. Auf diese Art würde sie viel zu viel von ihm erfahren.

Seine Mutter freute sich über Sofie, fuhr zum Mittagessen ein riesiges Festmahl auf.

Danach wollte Peter sich ein bisschen allein die Beine vertreten. Er zog seine Sportsachen an und sagte Sofie, dass er nun erst einmal seine 10 Kilometer-Runde laufen wollte, um die Müdigkeit zu vertreiben.

Sofie war skeptisch: „Es ist nicht gut, sich mit vollem Bauch so anzustrengen. Du solltest besser nur spazieren gehen, dann könnte ich auch mitkommen."

Und genau das wollte Peter nicht. Er wollte allein sein, um ein paar Leute anzurufen, ohne dass Sofie zuhörte.

„Mädchen, du hast eine lange Reise hinter dir", sagte seine Mutter. „Du solltest dich erst einmal aufs Sofa legen und eine Mittagsstunde machen."

Mit der Hilfe seiner Mutter hatte Peter nicht gerechnet, aber sie kam ihm sehr gelegen. Zum Glück fügte sich Sofie. Jetzt hatte er seine Ruhe. Er nahm sein Handy und lief los.

As he vun't Huus ni mehr to sehn weer, bleev he stahn un fung an to telefoneern. Toeerst süsselte he mit twee vun sien Mätressen to se to begööschen un se bi de Stang to holn.

He kunn ni weten, dat he een wiedere Tohörer harr. Andreas seet in Berlin und harr sik in Peters Ackersnacker inklinkt. Dat harr 'n Tied duert, bit he dat torecht harr. Man siet een Week kunn he jedetmol mithörn, wenn Peter telefoneerte. To nix to verpassen, nehm he ok noch allns op Band op. So bruukte he ni jedetmol oppassen un jüst in de Ogenblick mithörn, wenn Peter snackte. Dorto kunn he sik achteran ok allns noch mol in Ruh anhörn.

Dat Süsseln mit de Mätressen funn Andreas to'n Spien tomol he wuss, dat Peter Sofie jümmers vertellte, dat se sien Leevste is un he ehr friien wull.

De neegste Anrop weer för sien Laden. Peter snackte mit een öllere Fru. Dat schiente um de Verkoop vun ehr Huus to gahn. Andreas weer verbaast. De Pries de Peter de Fru nennte, weer veel to wenig. Andreas wuss, dat de Priese op't Land böös deep weern.

Als er vom Haus aus nicht mehr zu sehen war, blieb er stehen und begann zu telefonieren.Zuerst flirtete er mit zwei seiner Mätressen, um sie zu vertrösten und bei der Stange zu halten.

Er konnte nicht wissen, dass er einen weiteren Zuhörer hatte. Andreas saß in Berlin und hatte sich in Peters Handy eingeklinkt. Es hatte einige Zeit gedauert, bis er es hinbekommen hatte. Aber seit einer Woche konnte er jederzeit mithören, wenn Peter telefonierte. Um nichts zu verpassen, nahm er auch alles auf Band auf. So musste er nicht immer aufpassen und genau in dem Augenblick mithören, wenn Peter seine Gespräche führte. Dazu konnte er es sich hinterher alles noch einmal in Ruhe anhören.

Das Flirten mit den Mätressen fand Andreas zum Kotzen, zumal er wusste, dass Peter Sofie immer erzählte, er würde sie lieben und wolle sie heiraten.

Der nächste Anruf war dann geschäftlicher Natur. Peter sprach mit einer älteren Frau. Es schien um den Verkauf ihres Hauses zu gehen. Andreas war verblüfft. Der Preis, den Peter der Frau nannte, war viel zu niedrig. Andreas wusste, dass die Preise auf dem Land sehr tief waren.

Man dat schient em, as wull Peter för'n Appel un 'n Ei koopen. Andreas dach dat een meist minst dat duppelte för dat Huus kriegen kunn. Wull de Kirl de arme Fruu so över't Ohr haun?

Mondag vörmiddag wull Peter sik mit de Fru un ehrn Kirl dropen, to een interesserte Köper dat Huus to wiesen.

As Peter dat kloor makt harr, dach Andreas, dat he nu eerst mol för'n poor Stünnen Fieravend harr.

Man Peter telefoneerte all weer: „Jens, ick bruuk Di Mondag vörmiddag hier in Kotzenbüll. Ik heff hier 'n poor Oolen, de ik sees Huus günstig afsnacken kann. Dorto bruuk ik Di als Köper. Wi deelen denn de Winnst, wenn wi in'n halve Johr wiederverkopen."

Andreas harr sik al dacht, dat dat bi Peters Hannel ni mit rechten Dingen togung, wieldat he so veel Geld harr. Man dat he so dull beschieten de, harr he ni ahnt.

Nadem Peter sik vun Jens verafscheedet harr, kreech Andreas dat Teeken, dat Peter sien Ackersnacker utschaltet harr. Dat weer nie.

Doch es schien, als wolle Peter für einen Spottpreis kaufen. Andreas dachte sich, dass man mindestens das Doppelte für das Haus bekommen konnte. Wollte der Kerl die arme Frau so betrügen?

Montagvormittag wollte sich Peter mit der Frau und ihrem Mann treffen, um einem Kaufinteressenten das Haus zu zeigen.

Als Peter das geregelt hatte dachte Andreas, dass er nun erst einmal für ein paar Stunden nichts zu tun hatte.

Doch Peter telefonierte schon wieder: „Jens, ich brauche dich am Montagvormittag hier in Kotzenbüll. Ich habe hier ein paar Alte, denen ich ihr Haus günstig abschwatzen kann. Dazu benötige ich dich als Käufer. Wir teilen uns den Gewinn, wenn wir in einem halben Jahr wieder verkaufen."

Andreas hatte sich schon gedacht, dass es bei Peters Geschäften nicht mit rechten Dingen zuging, weil er so viel Geld hatte. Aber, dass er so heftig betrügen würde, hatte er nicht geahnt.

Nachdem Peter sich von Jens verabschiedet hatte, erhielt Andreas die Meldung, dass Peter sein Handy ausgeschaltet hatte. Das war neu.

Vörher schiente dat, as wurr he de Kist ni nich afschalten un jümmers bi sik hemm. Andreas kunn dat an de Mellungen vun de Steeden, wo de Ackersnacker weer, sehn.

Peter keem keen Minut to fröh na Huus. Sofie keem jüst bös verslopen vun't Sofa hoch.

„Middagsslop deiht ja so goot", smusterte se em an. „Kumm mien Leevsten, giff mi 'n Söten."

Peter drückte ehr in't Vörbigahn een op.

„Ik gah gau ünner de Dusch, heff bi't Loopen bannig sweetet un will mi ni verköhln."

Sofie keek em böös verbiestert achteran. So natt seegen sien Plünnen gar ni ut.Un in Berlin wunnderte Jens sik över een SMS dat he nu doch ni na Kotzenbüll kamen schull.

As Peter frisch schniegelt inne Köök keem, smusterte sien Modder em un Sofie an: „So Kinners, ik freu mi, dat ik Sofie nu endli to sehn krieg. Laat uns eerstmol mit Suusbruss anstöten. Achteran gifft dat Kaffee un Kook. Peters Patentante Emma kümmt ok glieks lang, to de Bruut to sehn."

Zuvor schien es, als würde er das Gerät nie ausschalten und immer bei sich tragen. Andreas konnte dieses anhand der Positionsmeldungen des Handys erkennen.

Peter kam keine Minute zu früh nach Hause. Sofie kam gerade ziemlich verschlafen vom Sofa hoch.

„Mittagsschlaf tut ja so gut", lächelte sie ihn an. „Komm her Liebster, gib mir einen Kuss."

Peter küsste sie im Vorbeigehen.

„Ich gehe nun schnell unter die Dusche, denn ich habe beim Laufen ziemlich geschwitzt und möchte mich nicht erkälten."

Sofie schaute ihm irritiert nach. So sahen seine Sachen gar nicht aus. Zur selben Zeit wunderte sich Jens über eine SMS, dass er nun doch nicht nach Kotzenbüll kommen solle.

Als Peter frisch zurecht gemacht in die Küche kam, lächelte seine Mutter ihn und Sofie an: „So Kinder, ich freue mich, dass ich Sofie nun endlich zu sehen bekommen habe. Lasst uns erst einmal mit Sekt anstoßen. Danach gibt es Kaffee und Kuchen. Peters Patentante Emma kommt auch gleich vorbei, um die Braut kennen zu lernen."

Sofie seech, dat Peter de Ogen verdreihte un weer verbiestert. Freute he sik ni, se vörtostelln? Dorbi snackte Peter jümmers dorvun, dat he gau Hochtied fiern wull. Na de Kaffee wull Sofie anne Luft.

„Kumm Peter", sä se. „Ick much 'n beten spazeern lopen. Magst Du mi 'n beten wat vun't Dörp wiesen?"

Dat schiente em ni to passen.

„Laat uns na St. Peter fohrn. Ik wies Di den Strand."

Sofie weer dat ni na de Mütz, man se weer ja noch een poor Dag hier, in de se mit em dör dat Dörp spazeern kunn.

Man ok de neegsten Dage wull he ehr ni dat Dörp wiesen oder de Navers vörstelln. Sofie funn dat bös sünnerlich. Freute he sik ni, dat se hier bi em tohus weer?

Dat heele Weekenenn fohrte he ehr in't Auto spazeern, wieste ehr Steeden, wo de Urlaubers weern. Bi de Dierten hulp he sien Modder ok ni. De möötete se alleen.

Sofie sah, dass Peter die Augen verdrehte und war verwirrt. Freute er sich nicht darüber, sie vorzustellen? Dabei sprach Peter immer davon, dass die Hochzeit bald stattfinden sollte. Nach dem Kaffee wollte Sofie ins Freie.

„Komm Peter", sagte sie, „ich möchte ein wenig spazieren gehen. Magst du mir ein bisschen vom Dorf zeigen?"

Das schien ihm nicht zu gefallen.

„Lass uns lieber nach St. Peter fahren, dort zeige ich dir den Strand."

Sofie gefiel das nicht, aber sie war ja noch ein paar Tage hier, an denen er ihr das Dorf zeigen könnte.

Aber auch in den nächsten Tagen wollte er ihr weder das Dorf zeigen, noch die Nachbarn vorstellen. Sofie fand das alles seltsam. Freute er sich nicht darüber, dass sie hier bei ihm zu Hause war?

Das ganze Wochenende lang fuhr er mit ihr im Auto spazieren, zeigte ihr die Orte, an denen sich die Urlauber aufhielten. Bei den Tieren half er seiner Mutter auch nicht. Die hütete sie alleine.

Sündag avend wull Peter ehr na den Bahnhoff fohren.

„Woso denn nu all?", fraagte sien Modder. „Sofie mut doch eerst Middeweek wedder anne Uni ween. Denn langt dat doch, wenn se Dingsdag avend hier losfohrt."

Peter sä nix, keek avers böös fünsch.

Sien Modder snackte wieder: „Morn fröh kann Sofie mit mi na Tönn to'n Markt fohrn. Denn mutt ik de Kantüffeln ni alleen dreegen."

Sott hatt, dach Peter. Dann bün ik ehr middags los. Un he sä: „Fein Sofie, denn hest Du keen Langewiel. Ik mut morn fröh noch 'n beten för't Geschäft regeln."

vens schreev Sofie noch een SMS vun ehrn Ackersnacker: „Leeve Andrea, wie können morn fröh ni för dat Examen proven. Ick bliev noch hier, fohr vörmiddags mit mien tokünftige Swiegermodder to'n Markt na Tönn, wieldat Peter sik mit een Kunn dröppt."

Klock acht weern Sofie un Peters Modder Mondag morn op den Tönner Weekenmarkt.

Am Sonntagabend wollte Peter Sofie zum Bahnhof fahren.

„Warum denn jetzt schon?", fragte seine Mutter. „Sofie muss erst am Mittwoch wieder an der Uni sein. Dann reicht es doch, wenn sie am Dienstagabend losfährt."

Peter sagte nichts, schaute aber ziemlich wütend.

Seine Mutter redete weiter: „Morgen früh kann Sofie mit mir nach Tönning zum Markt kommen. Dann muss ich die Kartoffeln nicht alleine schleppen."

Glück gehabt, dachte Peter, dann bin ich sie vormittags los. Und er sagte: „Schön, dann langweilst du dich nicht. Ich muss morgen früh noch ein paar geschäftliche Dinge regeln."

Abends schrieb Sofie noch eine SMS auf ihrem Handy: „Liebe Andrea, wir können morgen früh nicht für das Examen üben. Ich bleibe noch hier, fahre morgen Vormittag mit meiner zukünftigen Schwiegermutter zum Markt nach Tönning, während Peter sich mit einem Kunden trifft."

Punkt acht waren Sofie und Peters Mutter am Montagmorgen auf dem Tönninger Wochenmarkt.

Endlich wurr Sofie de Kotzenbüller wies, de ok jümmers to'n Markt fohrten. Eerst harr Sofie dat hild, gau de Inköpe to maken und denn to Peter torüchtofohrn. Man denn genot se dat, mit veele Lüüd to snacken. Ratz fatz weer de Vörmiddag vörbi un de Höökers packten tohop.

„So, mien Deern, nu laat uns man torüch fohrn", sä Peters Modder. „Peter töövt sachs op't Eeten. Koken kann he ni."

As se anne Kark vörbi fohrten, wurr Peters Modder waak.

„Sünnerli", sä se. „Dor steiht de Liekenwagen. Ick heff ni vun een Dodenfier hört, de hier sien schall. Un wokeen is de Dode? Vun de Kotzenbüllers is vör twee Johrn dat letzte Mol een dod bleven. Un op de Markt hett ok keen een wat vertellt."

Sofie wurr bang, denn inne Straat stunnen een poor gröne Minnas. Wat wulln all de Gendarmen hier in't Dörp? Un wat wulln se op de Hoff vun Peters Öllern? De beiden Gendarmen, de dor stunnen, seegen bannig belämmert ut. Langsom keemen se na de beiden Fruunslüüd kenn.

Endlich lernte Sofie die Kotzenbüller Nachbarn kennen, die auch immer zum Markt fuhren. Erst drängte Sofie, die Einkäufe schnell zu erledigen und dann zu Peter zurückzufahren. Doch dann genoss sie es, mit vielen Leuten zu sprechen. Rasend schnell war der Vormittag vorbei und die Händler packten zusammen.

„So mein Mädchen, dann lass uns mal zurück fahren", sagte Peters Mutter. „Peter wartet bestimmt schon aufs Essen, kochen kann er nämlich nicht."

Als sie an der Kirche vorbei fuhren, stutzte Peters Mutter.

„Seltsam", sagte sie, „da steht der Leichenwagen, ich habe nichts davon gehört, dass hier eine Beerdigung stattfinden soll. Wer ist der Tote? Von den Kotzenbüllern ist zuletzt vor zwei Jahren jemand gestorben. Und auf dem Markt hat auch niemand etwas erzählt."

Sofie bekam Angst, denn an der Straße standen auch ein paar Streifenwagen. Was wollte die Polizei hier im Dorf? Und was wollten sie auf dem Hof von Peters Eltern? Die beiden Polizisten, die dort standen, sahen ziemlich bedrückt aus. Langsam kamen sie auf die Frauen zu.

„Fru Gerdsen?", fraagte de Öllere vunne beiden.

Peters Modder nickkoppte.

„Deiht mi leed!", sä he denn. „Ick weet ni, wat ick seegen schall. Dat schient, sees Söhn Peter hett sik inne Kark opbummelt."

Sofie kreech weeke Knee. Wodenni kunn sik een inne Kark opbummeln? Se seech dat Peters Modder witt as een Wand weer un nehm ehr inne Arm.

„Kumm, wi gahn inne Köök. Dor kannst Du Di hensetten un ik mak uns eerstmal een Kaffee."

De beiden Gendarmen nickkoppten."Schön wi de Dokter vörbi schicken?"

Peter Modder schüttkoppte.

Denn fung de öllere Gendarm to snacken an. „Ick mag knapp fraagen... Man dat wurr uns bannig hölpen, wenn se inne Kark kamen, sik de Dode ankieken, um uns to vertelln of dat wohrlich Peter is."

Peters Modder nickkoppte.

„Frau Gerdsen?", fragte der Ältere der beiden.

Peters Mutter nickte.

„Tut mir leid", sagte er dann. „Ich weiß nicht was ich sagen soll, aber es scheint, als habe sich ihr Sohn Peter in der Kirche erhängt."

Sofie bekam weiche Knie. Wie kann sich jemand in einer Kirche erhängen? Sie sah, dass Peters Mutter kreidebleich war und nahm sie in den Arm.

„Komm, wir gehen erst einmal in die Küche. Dort kannst du dich hinsetzen und ich mache uns einen Kaffee."

Die beiden Polizisten nickten. „Sollen wir den Arzt vorbei schicken?"

Peters Mutter schüttelte den Kopf.

„Gute Frau", fing der ältere Polizist zu reden an, „ich mag kaum fragen, aber es würde uns sehr helfen, wenn sie in die Kirche kommen, sich den Toten ansehen, um uns zu sagen, ob es wirklich ihr Sohn Peter ist."

Peters Mutter nickte.

„Denn laat se uns glieks to de Kark gahn, to dat ik den swore Gang achter mi heff."

Sofie leep mit ehr. Dat weer wohrli Peter, de dor inne Blickkist leeg. Anne Hals kunn man de Afdruck vun dat Tau, mit dat he sik opbummelt harr, noch jümmers düütli sehn.

Sofie bleev noch bet na de Dodenfier bi Peters Öllern. De Ooln deen ehr böös leed. Peter harr sik op bannig gruulige Wies umbröcht. Dat duuerte lang, bit de Gendarmen rutkreegen, wodenni he dat hennkregen harr: He harr den Glockenstrang wiet rünnertrocken un in meist twee Meter Hööchde enn dünne Tau an den Glockenstrang fastknüttet. Dat harr he denn an de Döör fastbunnen, to de Glockenstrang daal to hohn. Denn harr he een Henkerssling in de Glockenstrang knööpt, so hoch, dat he jüst sien Kopp rinstecken kunn. As he de Kopp inne Sling harr, hett he dat dünne Tau mit sien Kniev dörsneeden. Dat Gewich vunne Glock trock den Glockenstrang wedder na boben. Peter wurr hochtrocken un de Sling trock sik to, bidess de Glock över em sien Dodengelüüd bimmelte. Peter hüppte an dat Tau 'n poor Mol op un daal, ehr dat Bimmeln vunne Glock ophörte un Peters Liek still an den Strang bummelte.

„Dann lassen sie uns gleich zur Kirche gehen, damit ich den schweren Gang hinter mir habe."

Sofie ging mit ihr. Es war tatsächlich Peter, der dort im Zinksarg lag. Am Hals konnte man den Abdruck des Seils, mit dem er sich erhängt hatte, noch deutlich sehen.

Sofie blieb noch bis zur Beerdigung bei Peters Eltern wohnen. Die Alten taten ihr leid. Peter hatte sich auf ziemlich schreckliche Weise umgebracht. Es dauerte lange, bis die Polizei herausgefunden hatte, wie er es gemacht hatte. Er hatte den Glockenstrang weit runter gezogen und dann in fast zwei Meter Höhe ein dünnes Seil am Glockenstrang fest geknotet. Dann hatte er eine Henkersschlinge in den Glockenstrang geknüpft, so hoch, dass er gerade noch seinen Kopf hineinstecken konnte. Als er den Kopf in der Schlinge hatte, hat er das dünne Seil mit seinem Messer durchgeschnitten. Das Gewicht der Glocke zog den Glockenstrang wieder nach oben. Peter wurde hochgezogen und die Schlinge zog sich zu, während die Glocke über ihm zu seinem Totengeläut schlug. Peter hüpfte am Seil ein paar mal rauf und runter, bevor das Läuten der Glocke endete und Peters Körper ruhig am Strang hing.

De Küster weer ni to'n Markt fohrt, wiel he de Avend vörher een grandessige Hoorbüüdel kregen harr. As he de Glock bimmeln hörte, dach he, dat he dröömte. He leeg doch inne Puuch. Wokeen kunn denn de Glock lüüden?

Man denn weer he waken und de Droom keem em bös afsünnerli vör. Dor trock he sik gau sien Plünnen an un leep na de Kark röver.As he den Kirl dor bummeln seech, dach he, dat he jümmers noch dröömte. He makte de Ogen dich, dormit de gruulig Droom verswinnen kunn. Man as he de Ogen weer opmakte, bummelte de Kirl jümmers noch dor. De Küster reep de Gendarmen an.Inne Tasch vun Peters Jack funnen de Gendarmen een Afscheedbreev. Peter schreev, dat he sien Kunnen jümmers bedrogen harr, sees Hüüsers över Hülpers jümmers för 'n Appel un 'n Ei köfft un denn dreemal so düer weer verköfft harr.

Sofie harr he to sien Leevste makt, wiel ehr Öllern Klei anne Hack harrn un Peter hopte, över ehrn Vadder, den Bürgermeester an tutige Lüüd rantokomen un de sees Hüüser för 'n Appel un 'n Ei afsnacken kunn. As he seech, wo geern sien Modder Sofie harr un sik op de Hochtied freute, harr em dat slechte Geweten plagt.

Der Küster war nicht nach Tönning zum Markt gefahren, weil er vom Abend vorher noch einen fürchterlichen Kater hatte. Als er die Glocke läuten hörte, dachte er, dass er träumte. Er lag doch im Bett, wer konnte dann die Glocke läuten?

Aber dann war er wach und der Traum kam ihm sehr seltsam vor. Er zog sich an und lief zur Kirche rüber. Als er den Mann dort hängen sah, dachte er, dass er noch immer träumte. Er schloss die Augen, damit dieser schreckliche Traum verschwand. Aber als er die Augen wieder öffnete, hing der Mann immer noch da. Der Küster rief die Polizei an. In der Jackentasche von Peter fanden die Polizisten einen Abschiedsbrief. Peter schrieb, dass er seine Kunden immer betrogen hatte, ihre Häuser über Mittelsmänner immer zu Spottpreisen gekauft und dann zum dreifachen Preis wieder verkauft habe.

Sofie habe er zu seiner Freundin gemacht, weil ihre Eltern Geld hatten und Peter hoffte, über ihren Vater, den Bürgermeister, an gutgläubige Leute heranzukommen, um ihnen ihre Häuser zu einem Spottpreis abschwatzen zu können. Als er sah, dass seine Mutter Sofie gern hatte und sich auf die Hochzeit freute, hatte ihn das schlechte Gewissen geplagt.

He wull sien Öllern nich mehr Kummer maken un harr sik opbummelt, to se de Schann vun een afsechte Hochtied to ersporn.

Anne Dag na Peters Dodenfier bröchte Peters Modder Sofie na de Bahnhoff.

„Deit mi so leed, mien Deern. Ick harr ni dacht, dat mien eegen Fleesch un Blood so'n Spitzboov is. Ick harr mi so op de Hochtied un op Enkelkinner freut."

Sofie bröchte ehr Gastsemester in Berlin noch toenn. Dorna gung se in't Utland. Anne Universität vun Malta in Valetta studeerte se de maltesische Buukunst.

Een halve Johr later stunn se inne Dom vun Mosta un fengte een Kerz for ehr Grootmodder an.

„So, Oma Elsa, nu kannst Du dien Freeden finnen. De Spitzboov, de Di üm Huus un Hoff bröcht hett, is nu dod un ik hoop, dat he för ewige Tiden inne Höll is."

As se sik ümdreihte, smusterte Andreas ehr an.

„Na mien Leevste", sä he. „Nu is dat Truerjohr meist um. Wullt Du mien Fru warrn?

48

Er wollte seinen Eltern keinen Kummer mehr bereiten und hatte sich erhängt, um ihnen die Schande einer abgesagten Hochzeit zu ersparen.

Am Tag nach der Beerdigung brachte Peters Mutter Sofie zum Bahnhof.

„Es tut mir so leid mein Kind. Ich hätte nicht gedacht, dass mein eigen Fleisch und Blut so ein Spitzbube ist. Ich hatte mich so auf die Hochzeit und Enkelkinder gefreut."

Sofie brachte ihr Gastsemester in Berlin zu Ende. Danach ging sie ins Ausland. An der Universität von La Valetta studierte sie die maltesische Baukunst.

Ein halbes Jahr später stand sie im Dom von Mosta und zündete eine Kerze für ihre Großmutter an.

„So, Oma Elsa, nun kannst du deinen Frieden finden.Der Betrüger, der dich um Haus und Hof gebracht hat, ist jetzt tot und hoffentlich für ewige Zeiten in der Hölle."

Als sie sich umdrehte, lächelte Andreas sie an.

„Na Liebste", sagte er. „Nun ist das Trauerjahr fast um. Willst du meine Frau werden?

Wi können hier op Malta wahnen blieven. Denn bruukst Du Peters Modder nümmers mehr över den Weg to lopen."

„Du bruukst Du ni to schamen, Andreas. Ick will dien Fru sien as lang as ik leev. Avers eens must Du mi loven: Wenn unse eerste Enkel boorn is, must Du mi vertellen, wodeeni Du dat hennkreegen hest, dat Jens ni to de Verköpers kamen is un Peter inne Kark bummelte, ahn dat de Gendarmen jichtenswelke Fingerafdrücke vun Di finnen kunnden. Tiedwies heff ick glöövt, dat he sik wohraftig sülmst opbummelt hett."

Wir könnten hier auf Malta wohnen bleiben. Dann musst du Peters Mutter nie mehr über den Weg laufen."

„Du brauchst dich nicht zu schämen, Andreas. Ich will deine Frau sein, solange ich lebe. Aber eines musst du mir versprechen: Wenn unser erster Enkel geboren ist, musst du mir berichten, wie du es hinbekommen hast, dass Jens nicht kam und dass Peter in die Kirche ging, ohne, dass die Polizisten irgendwelche Fingerabdrücke von dir finden konnten. Zeitweise habe ich gedacht, dass er sich wirklich alleine erhängt hat..."

Steden, an de de Schoosen speelen

Kotzenbüll

Kotzenbüll is een lütte Dörp mit meist 220 Einwahner in Eiderstedt anne Westküst vun Sleswig-Holsteen. Ofschoonst dat Dörp so lütt is, steiht dor een vunne gröötsten Karken vun Eiderstedt.

Nikolaikark Kotzenbüll

De Kark wurr 1495 wieht. Se steiht op de Muuern vun een öllere Kark, de erste Toorn schall ut dat Johr 1365 stammen. De Kotzenbüller Kark hett de öllste Karkendöör in Sleswig-Holsteen. Een wiedere Goot vun düsse Kark is de Färber-Orgel.

De Kotzenbüller Kroog

Güntsied vunne Kotzenbüller Kark is de Kroog. Man weet ni, wolang dat de Kroog al gifft. Mit Naam nennt wart de Kroog bi dat Begrünnen vonne Boßelvereen Kotzenbüll in't Johr 1897.

Orte, an denen die Geschichten spielen

Kotzenbüll

Kotzenbüll ist ein kleines Dorf mit etwa 220 Einwohnern in Eiderstedt an der Westküste Schleswig-Holsteins. Obwohl das Dorf so klein ist, steht dort eine der größten Kirchen Eiderstedts.

Nikolaikirche Kotzenbüll

Die Kirche wurde 1495 geweiht. Sie auf den Mauern einer älteren Kirche gebaut, der erste Turm soll aus dem Jahr 1365 stammen. Die Kotzenbüller Kirche hat die ältesten Kirchentüren Schleswig-Holsteins. Ein weiterer Schatz dieser Kirche ist die Färber-Orgel.

Kirchspielkrug Kotzenbüll

Direlkt egenüber der Kotzenbüller Kirche befindet sich der Kirchspielkrug. Es ist nicht bekannt, seit wann diese Gaststätte existiert. Namentlich erwähnt wird der Kirchspielkrug

Tönn

Tönn is een lütte Havenstadt anne Eider un liggt twee Kilometer südoost vun Kotzenbüll. Tönn hett een beständig wesselnde Geschicht: Inne Nordische Krieg weer Tönn een Festung vun groote Bedüden. To Tieden vunne Kontinentalsperre wurrn al Woor för Hamburg mit Scheep na Tönn bröcht un vun dor över't Land na Hamburg transporteert. Elke Mondag is Wuchenmarkt in Tönn.

bei der Gründung des Boßelvereins im Jahr 1897.

Tönning

Tönning ist eine kleine Hafenstadt an Der Eider und liegt 2 km südöstlich von Kotzenbüll. Tönning hat eine wechselhafte Geschichte: Im Nordischen Krieg war Tönning wichtige Festungsstadt, während der Kontinentalsperre wurden alle Waren für Hamburg mit Schiffen nach Tönning gebraucht und von dort auf dem Landweg nach Hamburg transportiert. An jedem Montag ist in Tönning Wochenmarkt.

De Schrieverin

Birgit Pauls is in Husum boorn, in Tönn und Kotzenbüll opwussen. Na de School is se lange Tied dor Düütschland tingelt. Siet bald tein Johr leevt se wedder in Tönn.

Siet 2009 schrivt se Krimis, de meist in Nordfreesland speelen. In't Büro sitt se dorbi ni girn. Wenn dat Weller mitspeelt und dat dröch vun boben is, is se meist mit ehr Schrievtück anne Haven oder anne Eiderdiek to finnden.

De E-Mail Adress vun de Autorin is info@birgitpauls.de.

Die Autorin

Birgit Pauls wurde in Husum geboren, ist in Tönning und Kotzenbüll aufgewachsen. Nach der Schule lebte sie an vielen verschieden Orten Deutschlands. Seit fast zehn Jahren wohnt sie wieder in Tönning.

Seit 2009 schreibt sie Krimis, die meist in Nordfriesland spielen. Im Büro sitzt sie dabei nicht gern. Wenn das Wetter mitspielt und es nicht regnet, ist sie mit ihren Schreibutensilien meist am Hafen oder am Eiderdeich zu finden.

De E-Mail Adress vun de Autorin is info@birgitpauls.de.

Anner Krimis vunne Schrieverin op Platt und Hochdüütsch

Tönn Krimis 1
ISBN 978-3-7357-6232-0

Droomfru und Halligmörder
ISBN 978-3-7347-9726-2

Tönn Krimis 2
Utgaav plant för Dezember 2015

Weitere Krimis der Autorin auf Plattdeutsch und hochdeutsch

Tönning Krimis 1
ISBN ISBN 978-3-7357-6232-0

Droomfru und Halligmörder
Traumfrau und Halligmöder
ISBN 978-3-7347-9726-2

Tönning Krimis 2
geplant für Dezember 2015